Les contes de la ferme

UN TRACTEUR
EN DIFFICULTÉ

Heather Amery
Illustrations : Stephen Cartwright

Rédaction : Jenny Tyler
Traduction : Lorraine Beurton-Sharp

Couverture : Josephine Thompson

D0544717

Cherche le canard, il y en a un sur chaque page.

Voici la ferme des Pommiers.

Mme Dupré, la fermière, a deux enfants, Julie et Marc.
Elle a aussi un chien qui s'appelle Caramel.

Jean travaille à la ferme.

Jean aide Mme Dupré. Il s'occupe du tracteur et de tous les travaux de la ferme.

Il y a beaucoup de vent, aujourd'hui.

Le vent fait pencher les arbres, et il fait très froid. Julie et Marc jouent dans la grange.

« Où vas-tu, Jean ? »

Jean sort le tracteur de la cour. « Je vais vérifier si les moutons vont bien », dit-il.

Jean arrête le tracteur près de la barrière.

Il entre dans le pré des moutons. Il cloue le toit de la bergerie pour le rendre plus solide.

Julie et Marc entendent un bruit terrifiant.

« Qu'est-ce que c'est ? » demande Marc. « Je ne sais pas, allons voir », répond Julie. Ils courent vers le pré.

« Un arbre est tombé. »

« Il est tombé sur le tracteur de Jean », dit Julie.
« Viens. Il faut l'aider », dit Marc.

8

« Que vas-tu faire, Jean ? »

Le pauvre Jean est très ennuyé. L'arbre tombé sur son tracteur l'empêche d'entrer dans la cabine.

« Demande à M. Martin de t'aider. »

« Allez demander à votre maman de téléphoner à
M. Martin », dit Jean. Les enfants courent jusqu'à la maison.

M. Martin arrive avec sa jument.

M. Martin a une belle jument de trait, appelée Princesse.
Ils viennent aider Jean.

« Je vais couper l'arbre. »

M. Martin prend d'abord sa scie mécanique. Puis il coupe les branches qui sont tombées sur le tracteur.

Princesse se met au travail.

M. Martin attache deux cordes au harnais de Princesse.
Jean attache les deux autres bouts aux grosses branches.

Princesse tire et tire encore.

Elle travaille dur jusqu'à ce que le tracteur soit dégagé.
« Bravo, Princesse ! » s'exclame M. Martin.

Jean monte dans la cabine.

« Merci beaucoup, M. Martin et Princesse », dit-il. Et ils partent tous vers la cour de la ferme.

Le tracteur n'a pas beaucoup de dégâts.

Jean prend un pinceau et de la peinture pour réparer les éraflures. « Il sera aussi beau qu'avant », dit-il.

© 2002, 1995, 1990 Usborne Publishing Ltd, Usborne House, 83-85 Saffron Hill, Londres, Grande-Bretagne.
© 2003, 2000 Usborne Publishing Ltd pour le texte français. ISBN 0 7460 5449 1
Pour le Canada : publié par les éditions Héritage, inc. ISBN 2 7625 1783 4